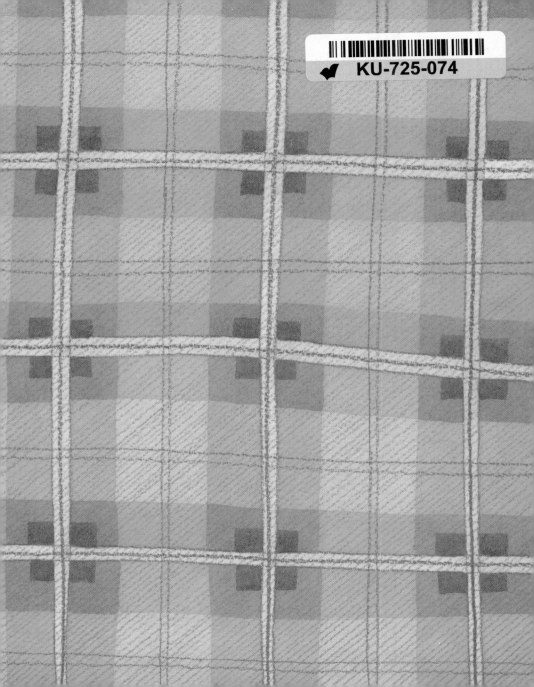

Texte traduit de l'anglais par Isabel Finkenstaedt

Première édition dans la collection *lutin poche* : janvier 2002
© 2000, kaléidoscope, Paris
Titre original : « My Dad »
Éditeur original : Transworld Publishers Ltd., Londres
© 2000, A.E.T. Browne and Partners
Loi numéro 49 956 du 16 juillet 1949 sur les publications
destinées à la jeunesse : mars 2000
Dépôt légal : avril 2006
Imprimé en France par Aubin Imprimeur à Poitiers

Anthony Browne

Mon papa

kaléidoscope
lutin poche de l'école des loisirs
11, rue de Sèvres, Paris 6e

Il est bien, mon papa.

Mon papa n'a peur de RIEN,

pas même du Grand Méchant Loup.

Il peut sauter par-dessus la lune,

et marcher sur une corde raide
(sans tomber).

Il pourrait lutter avec des géants,

ou gagner la course des papas à l'école,
sans problème. Il est bien, mon papa.

Mon papa a un appétit de cheval,

et il nage comme un poisson.

Il est fort comme un gorille,

et heureux comme un hippopotame.

Il est bien, mon papa.

Mon papa est grand comme une maison,

et doux comme mon nounours.

Il peut être aussi sage qu'un hibou,

et aussi bête qu'un balai.

Il est bien, mon papa.

Mon papa est un danseur génial,

et un chanteur extraordinaire.

C'est un formidable joueur de foot,

et il me fait rire.
Beaucoup.

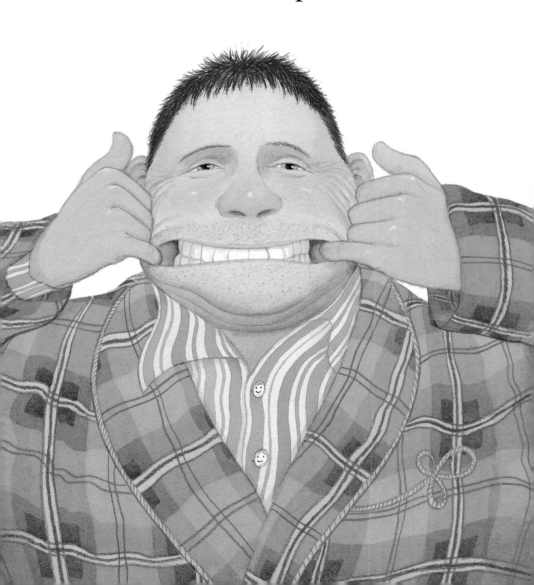

J'aime mon papa.
Et vous savez quoi?

IL M'AIME !
(Et il m'aimera toujours.)